Vente des 29 et 30 Mai 1873

DESSINS ET AQUARELLES

ANCIENS ET MODERNES

EXPOSITION PUBLIQUE : le Mardi 27 Mai 1873

<table>
<tr><td>Mᵉ DELBERGUE-CORMONT
COMMISᵣᵉ-PRISEUR
Rue de Provence, 8,</td><td>M. FÉRAL (Peintre)
EXPERT
Rue de Buffault 23.</td></tr>
</table>

PARIS — 1873

V^{es} RENOU, MAULDE et COCK

IMPRIMEURS DE LA COMPAGNIE DES COMMISSAIRES-PRISEURS

Rue de Rivoli, 144

CATALOGUE

DE

DESSINS ET AQUARELLES

ANCIENS ET MODERNES

Des Écoles italienne, hollandaise, flamande
allemande et française

DONT LA VENTE AURA LIEU

HOTEL DROUOT

SALLE N° 4

Les Mercredi 28 et Jeudi 29 Mai 1873

A TROIS HEURES

M⁰ **DELBERGUE-CORMONT**, Commissaire-Priseur,
rue de Provence, 8,

Assisté de **M. FÉRAL**, Peintre-Expert, rue de Buffault, 23,

CHEZ LESQUELS SE TROUVE LE PRÉSENT CATALOGUE.

EXPOSITION PUBLIQUE

Le Mardi 27 Mai 1873, de une heure à cinq heures.

PARIS — 1873

CONDITIONS DE LA VENTE

—

Elle sera faite expressément au comptant.

Les Acquéreurs paieront CINQ POUR CENT, en sus des enchères, applicables aux frais de la vente.

DÉSIGNATION

DES

DESSINS ET AQUARELLES

ÉCOLE FRANÇAISE

ADAM (Victor)

1 — Une Chasse.

Mine de plomb et aquarelle.

BAUDOUIN (Pierre)

2 — Le Coucher.

Belle gouache.

BOISSIEU (Jean-Jacques de)

3 — Entrée de la grotte du Pausilippe.

Encre de Chine.

4 — Femme debout étendant un linge.

Encre de Chine.

BOISSIEU (Jean-Jacques de)

5 — Homme dormant sur une chaise.

Mine de plomb.

6 — Vue de la Porte de Paris, à Beauvais. — Deux croquis d'Homme et de Femme.

Trois dessins à l'encre de Chine.

BOUCHER (François)

7 — Groupe de trois Amours. Sujet gravé.

Aux trois crayons.

8 — Le Retour du marché.

Croquis aux trois crayons sur papier bleu.

9 — Étude de Tête. Sujet gravé.

Aux trois crayons.

10 — Sommeil de Renaud.

Crayon noir et encre de Chine.

11 — Tête de jeune Fille.

Crayon noir rehaussé de blanc.

12 — Le Retour du jeune Tobie.

Bistre.

13 — Jeune Paysanne debout.

Bistre.

14 — Saint Paul guérissant les aveugles.

Plume et sépia.

BOUCHER (Genre de)

15 — Jupiter et Sémélé.

Crayon noir rehaussé de blanc.

BOURDON (Sébastien)

16 — Moïse exposé sur les eaux.

Plume.

CALLET (Antoine)

17 — Composition allégorique.

Bistre.

CALLOT (Jacques)

18 — Grand Paysage : Soldats et Pêcheurs près d'une forteresse.

Plume.

19 — Paysage avec Figures.

Plume.

20 — Paysage. — Cavaliers et Soldats. — Campement de troupe, par Sylvestre.

Trois dessins.

Plume.

CARMONTEL

21 — Tête de jeune Femme.

Pastel.

CASANOVA (François)

22 — Choc de Cavalerie. — Cavaliers et Soldats.
Sept dessins.

Sépia.

23 — Le comte de L'Allier.

Sanguine.

24 — Paysage (Crayon noir rehaussé de blanc.—Tête de
Soldat (Sanguine). — Tête de jeune Garçon
(Sanguine), par Huet.
Trois dessins.

CHARLET (Nicolas-Toussaint)

25 — Halte de Soldats.
Signé.

Aquarelle.

COURT

26 — Dix-huit Croquis.
Provenant de sa vente.
Crayon noir, mine de plomb et aquarelle.

COYPEL (Charles)

27 — Stratonice.
>Signé et daté.
>
>>Gouache.

DEBUCOURT (Philippe-Jean)

28 — La Mariée.
>Gravure en couleur d'après Duval le Camus.
>>Pièce excessivement rare.

29 — Le Rendez-vous de Chasse.
>>Jolie aquarelle.

30 — Parc avec Personnages.
>>Fusain.

31 — Intérieur d'un Parc. — Scène du Mariage de Figaro. — Sujet allégorique.
>Trois dessins.

DELACROIX (Eugène)

32 — Différents Croquis.
>Trois dessins provenant de sa vente.
>>Aquarelle et encre de Chine.

DELAULNE (E.)

33 — Croquis (Plume). — Dessin (Pierre noire); genre de Chardin.
>Deux pièces.

DE MARNE (Jean-Louis)

34 — Paysage.

Crayon noir et encre de Chine.

35 — Différentes Études.

Trois dessins.

DEMARTEAU

36 — Tête d'expression.

Crayon noir et sanguine.

DESFRICHES

37 — Paysage.

Crayon et encre de Chine.

DESHAYS (Jean-Baptiste)

38 — Différents Sujets religieux.

Sept Croquis.

Crayon noir rehaussé de blanc.

DESPORTES

39 — Chien d'arrêt.

Signé et daté.

Crayon noir rehaussé de blanc.

DROUAIS (Germain)

40 — Soldat cimbre venant pour frapper Marius.

Étude pour le tableau du Louvre.

Plume et encre de Chine.

DUPRÉ (Jules)

41 — Paysage.

Beau fusain.

EISEN (Charles)

42 — Pastorale.

Mine de plomb.

43 — Différents Croquis, par Drolling et Eisen.

Quatre pièces.

FAVRAY (Le chevalier Antoine de)

44 — Deux Portraits de femmes.

Crayon noir.

ROBERT-FLEURY

45 — Tête de femme.

Crayon noir et sanguine.

FLERS (Camille)

46 — Pêcheur raccommodant un panier.

Crayon noir.

47 — Marine (Aquarelle). — Trois Paysages (Mine de plomb).

Quatre pièces.

Mine de plomb.

FORBIN (Louis-Nicolas, comte de)

48 — Vue intérieure d'une grotte.

Aquarelle.

FRAGONARD (Jean-Honoré)

49 — Tête de jeune fille.

Légèrement lavée au pinceau.

50 — Allée d'arbres dans un parc.

Encre de Chine.

51 — Sainte Famille et Sacrifice de Gédéon.

Deux croquis.

Plume et encre de Chine.

52 — Différents Groupes.
Signé et daté 1770.

Plume et sépia.

53 — Vue intérieure d'un parc avec pièce d'eau.

Plume et sépia.

54 — Portrait de Mme Fragonard.

Signé.

Encre de Chine.

55 — Trois Paysages (mine de plomb) et un Croquis pour l'illustration de Télémaque (Sépia).

Quatre dessins.

FRAGONARD (Attribué à J.-H.)

56 — Procession devant le tombeau de Henri II et Catherine de Médicis à l'abbaye de Saint-Denis.

57 — Berger et Bergère dans un paysage.

Plume, encre de Chine et bistre.

FRÉMINET (Martin)

58 — Sainte Famille.

Croquis à la plume.

CLAUDE GELÉE, dit le LORRAIN (Attribué à)

59 — Paysages au recto et au verso d'une feuille.

Très-beaux croquis.

Plume et encre de Chine.

60 — Portion du temple de Salomon.

Plume et encre de Chine.

Par Hollar, sortant des collections Thomas, Lawrence et Woodburn.

GÉRICAULT (Théodore)

64 — Différents Croquis.

Plume et crayon noir.

Huit pièces.

GILLOT (Claude)

62 — Portraits de comédiens de la troupe italienne.

Cinq dessins.

GIRODET (Louis)

63 — Différents Croquis.

Vingt et un dessins.

Crayon noir, plume et mine de plomb.

GUÉRIN et HEIM

64 — Trois Croquis.

Crayon noir, mine de plomb et sanguine.

GREUZE (Jean-Baptiste)

65 — Femme couronnant l'Amour.

Plume et encre de Chine.

HILAIRE

66 — Antre de Trophonius.

Paysage à l'aquarelle.

HUET (Jean-Baptiste)

67 — Tête de bélier.

Étude à l'huile sur papier.

68 — Le Rendez-vous de la bergère.

Crayon noir.

69 — Jeune Femme assise renversant un vase.

Aux trois crayons.

70 — Différents Croquis.

Cinq dessins.

Crayon noir, plume et mine plomb.

INCONNUS

71 — Études d'Oiseaux.

Quatre aquarelles très-fines.

72 — Le Glouton.

Gouache sur vélin, XVIIIe siècle.

73 — Vue de Toulon.

Aquarelle légèrement gouachée, d'une grande finesse d'exécution, genre de V. Blaremberghe.

INCONNUS

74 — Port de mer ; préparatifs de défense.

> Plume, genre de van Blaremberghe.

75 — Promenade dans un parc.

> Aquarelle, genre Moreau.

76 — Temple de Vesta.—Vue de la Campagne romaine.

> Deux gouaches sur vélin (XVIIIe siècle).

77 — Le Jugement dernier.
Daté 1740.

> Gouache sur vélin.

78 — La Visitation.

> Encre de Chine.

79 — Vue intérieure d'un Palais.

> Plume et encre de Chine (XVIIIe siècle).

80 — Vue intérieure d'une Ville.
École anglaise.

> Sépia.

81 — La Leçon de Musique.

> Aquarelle.

JOUVENET (Jean)

82 — Différents Croquis religieux.
Neuf pièces.

> Crayon noir rehaussé de blanc.

LAGNEAU

83 — Portrait d'Homme.

Fusain.

LAGRENÉE

84 — La Toilette de Vénus.

Aux trois crayons.

LANCRET (Attribué à Nicolas)

85 — Différents Croquis sur une feuille.

Mine de plomb et sanguine.

86 — Jeune Femme à sa toilette (Sanguine). — Portraits de Boucher et de Rollin (Mine de plomb et sanguine).

Trois dessins.

87 — Femme debout, un bouquet au corsage, et autres Croquis sur papier bleu.

Deux dessins.

Crayon noir rehaussé de blanc.

RUE (Félix de la)

88 — Cinq Dessins sur une feuille.

Aquarelle, plume et encre de Chine.

LEBRUN (Charles)

89 — Gouache, d'après Raphaël.

LECLERC (Sébastien)

90 — Hommes et Dames de qualité.

Plume rehaussé de blanc.

LEMONNIER (Gabriel)

91 — La Bouche de la vérité.

Plume et encre de Chine.

LE PRINCE (Jean-Baptiste)

92 — Pêcheurs et Laveuses dans un paysage.

Plume et encre de Chine.

93 — Paysage avec Figures.

Plume et encre de Chine.

94 — Plusieurs Croquis.

Quatre dessins sur trois feuilles.

Aquarelle, plume et sanguine.

MICHEL

95 — Vue du Pont-Neuf et Croquis au verso.

Crayon noir.

MICHEL

96 — Halte de Soldats et Cavaliers escortant un convoi.

Aquarelle.

97 — Marche d'un corps d'armée.

Aquarelle.

98 — Halte de Cavaliers.

Aquarelle.

MONNOYER (BAPTISTE)

99 — Étude d'Ornements et Croquis de Fleurs.
Deux dessins.

Aquarelle.

MONTFERRAND

100 — Courses au Champ-de-Mars au moment de l'invasion.
Signé et daté 1815.

Aquarelle.

NATOIRE (CHARLES-JOSEPH)

101 — Etudes de Femmes. Tête de jeune Femme.
Trois pièces.

Pastel et crayon noir rehaussés de blanc.

2

NATTIER (MARC)

102 — Portrait de jeune Homme.

Crayon noir rehaussé de blanc.

103 — Portrait de jeune Femme.

Crayon noir rehaussé de blanc.

104 — Différents Croquis sur une feuille.

Trois dessins.

Crayon noir rehaussé de blanc.

NICOLLE

105 — Croquis.

Trente-trois dessins.

Plume, crayon noir et aquarelle.

NILSON (ÉLIE)

106 — Le Portrait.

Encre de Chine.

OUDRY (JEAN-BAPTISTE)

107 — Chiens à la curée.
Signé et daté 1739.

Crayon noir rehaussé de blanc.

OUDRY (Jean-Baptiste)

108 — Intérieur d'un Parc. — Étude de Biche.

Deux dessins.

Crayon noir rehaussé de blanc.

109 — Promenade dans un Bois (Sanguine). — Têtes de Renards (Crayon noir).

Deux dessins.

Crayon noir.

PARROCEL (Charles)

110 — La Mort de saint Bruno.

Plume, sanguine et encre de Chine.

PORTAIL (Jacques-André)

111 — Concert dans un Parc.

Crayon noir et sanguine.

112 — Servante debout.

Crayon noir et aquarelle.

PICART (B.)

113 — Différents Sujets.

Quatre pièces.

Encre de Chine.

RAFFET

114 — Sept Aquarelles.

Provenant d'un album de la vente San-Donato.

115 — Espagnol conduisant une charrette attelée de bœufs.

De la vente San-Donato.

Aquarelle.

REDOUTÉ

116 — Bouquet de Fleurs.
Signé.

Aquarelle d'une grande finesse.

117 — Bouquet de Roses.
Signé.

Aquarelle.

RENOU et PORTAIL

118 — Différents Sujets.

Trois dessins.

Plume, sépia et mine de plomb.

RESTOUT (Jean)

119 — Apparition de la Vierge.

Crayon noir et encre de Chine.

REYNOLDS (Sir Josué)

120 — Étude d'armure pour portrait.

Crayon noir rehaussé de blanc.

ROBERT (Hubert)

121 — Femmes et Enfants près d'une fontaine.
Signé et daté 1763.

Belle aquarelle.

122 — L'Abreuvoir.
Signé.

Aquarelle.

122 — Vue d'Italie.

Très-belle sanguine animée de personnages.

124 — Vue d'un parc avec pièce d'eau.

Sanguine.

125 — Fragment du temple de Diane, à Nîmes.

Crayon et encre de Chine.

126 — Différents Sujets.
Trois dessins.

Crayon noir et encre de Chine

SAINT-AUBIN (Augustin de)

127 — Profil de jeune femme.

Mine de plomb.

SAINT-AUBIN (Augustin de)

128 — Portrait équestre du comte de Provence.

> Plume et encre de Chine rehaussées de blanc.

129 — Suite de dix Dessins provenant d'un album.

> Gracieuses compositions.
>
> Plume et encre de Chine.

SAINT-AUBIN (Gabriel de)

130 — Vue de la salle de l'Opéra, le 3 janvier 1779, jour de la représentation d'*Hellé*, opéra de Flocquet.

> Plume et aquarelle.

131 — Le Pont-Neuf et la Samaritaine.

> Daté 17 aoust 1778.
>
> Mine de plomb et aquarelle.

SUBLEYRAS (Pierre)

132 — La Mort de Britannicus.

> Très-belle gouache.

TAUNAY

133 — La Chasse au faucon.

> Aquarelle.

TRINQUESSE (J.)

134 — Jeune Femme pinçant de la mandoline.

Signé et daté.

Sanguine.

TROYON (E.)

135 — Vaches dans un pâturage.

Provenant de sa vente.

Crayon noir rehaussé de blanc.

136 — Aquarelle d'après un maître flamand.

Provenant de sa vente.

VERNET (Carle)

137 — Le Passage d'un gué par une armée de la République.

Signé et daté 1816.

Superbe aquarelle.

138 — Apothéose de Napoléon Ier.

Crayon noir et encre de Chine.

VERNET (Joseph)

139 — Cascatelles de Tivoli.

Gouache sur vélin.

VERNET (JOSEPH)

140 — Différentes Études.

Deux dessins.

Crayon noir et sanguine.

VERNET (PIERRE)

141 — Poste de Cosaques.
Signé et daté.

Aquarelle.

VINCENT

142 — La Naissance d'Achille.

Mine de plomb et encre de Chine rehaussées de blanc.

WATTEAU (ANTOINE)

143 — Différents Croquis à la sanguine.

Quatre dessins.

ÉCOLES FLAMANDE ET HOLLANDAISE

ARTOIS (Van)

144 — Trois Paysages.

Aquarelle, crayon noir et encre de Chine.

ASCH (Jean van)

145 — Paysage avec moutons.

Collection du roi de Hollande.

Aquarelle.

BACKUYSEN (Ludolf)

146 — Marine.

Plume et encre de Chine.

BERSTRAATEN et BOL

147 — Paysage avec animaux. — Jeune Femme près d'une fontaine.

Deux dessins.

Plume et encre de Chine.

BÉGA (Corneille)

148 — Différentes études à la pierre noire rehaussée de blanc.

Neuf dessins.

B. S. (Monogramme) et BÉGA (Corneille)

149 — Un Autel.

Deux dessins.

Plume et encre de Chine.

150 — Une Boucherie avec Croquis au verso.

Deux dessins.

Plume et encre de Chine.

·BERGHEM (Nicolas)

151 — Étude de moutons.

Crayon noir et sanguine.

152 — Paysage avec figures.

Sanguine.

153 — Paysage.

Signé et daté 1656.

Crayon noir et encre de Chine.

54 — Paysage avec figures.

Encre de Chine et mine de plomb. — Forme ronde.

155 — Paysage avec figures.

Pierre noire,

BOTH (Jean)

156 — Paysage.

Encre de Chine.

157 — Paysage.

Plume et encre de Chine.

158 — Paysages.
Trois dessins.

Plume et encre de Chine.

BREUGHEL

159 — Cavalier distribuant des secours dans un village.

Belle aquarelle.

160 — Récolte de pommes et Bûcherons.
Deux dessins.

Plume et encre de Chine.

BRIL (Paul)

161 — Chasseur à l'affût; paysage.

Plume et encre de Chine.

CABEL (Adrien van der)

162 — Marine (Plume et encre de Chine). — Paysage
(Pierre noire).
Deux dessins.

CANO (ALONZO)

163 — Adoration des Bergers.

> Plume et encre de Chine.

CATS

164 — Le Printemps ; paysage.

> Aquarelle d'une grande finesse.

165 — L'Automne ; paysage.

> Aquarelle d'une grande finesse.

CUYP (Albert)

166 — Servante debout et Étude de vache.

Deux dessins.

> Pierre noire.

DUJARDIN (KAREL)

167 — Paysage.

Signé.

> Encre de Chine.

168 — Étude d'homme, avec croquis au verso.

> Crayon noir rehaussé de blanc.

ESSELINS (Jacob)

169 — Paysage avec figures.

Crayon noir rehaussé de blanc.

FLINCK (Govert)

170 — Jésus et la Samaritaine.

Plume et encre de Chine.

GOYEN (Jean van)

171 — Marine.

Signé et daté 1653.

Charmante composition.

Crayon noir et encre de Chine.

172 — Village un jour de marché.

Bon dessin au crayon noir.

173 — Marine.

Crayon noir et encre de Chine.

174 — Différents Croquis de paysages.

Quatre dessins.

Crayon noir et encre de Chine.

HACKERT

175 — Paysage.

Aquarelle.

HOBBÉMA (Attribué à MEINDERT)

176 — Paysage.

Crayon noir et encre de Chine.

HONDEKOETER

177 — Une Basse-Cour.

Crayon noir.

HUYSUM (Van)

178 — Panier de fruits sur une table (Plume et encre de Chine). — Bouquet de fleurs (Aquarelle).

Deux dessins.

Aquarelle.

INCONNUS

179 — Joueurs flamands.

D'une grande finesse, de l'École d'Ostade.

Gouache.

180 — Grand Paysage avec figures.

Encre de Chine.

181 — Soldats prussiens.

Quatre aquarelles.

182 — La Dispute.

École d'Ostade.

Plume et encre de Chine.

INCONNUS

183 — Paysage avec animaux.

Aquarelle sous verre.

184 — Halte près d'une fontaine.

Attribuée à K. Dujardin.

Plume et encre de Chine.

JORDAENS

185 — Jésus chassant les marchands du Temple.

Variante du tableau du Louvre.

Aquarelle.

LAAR (Pierre) et LIÉVENS

186 — Différents Groupes.

Trois dessins.

Crayons noir et sanguine.

LEYDE (Lucas de)

187 — Halte de pèlerins.

Sanguine.

LIEVENS (J.)

188 — Paysage avec animaux.

Plume.

MAES

189 — Portrait d'homme.
Signé.

Mine de plomb.

MABUSE (Jean de)

190 — Vue du Colisée au xve siècle.

Plume.

MONNINCK (C.)

191 — Buveurs flamands.

Mine de plomb.

MOLYN (Pierre)

192 — Choc de cavalerie.
Daté 1643.

Pierre noire.

193 — Paysage avec figures.

Crayon noir et encre de Chine.

MOUCHERON (Frédéric)

194 — Vue intérieure d'un parc avec pièce d'eau.

Plume et encre de Chine.

MOUCHERON (FRÉDÉRIC)

195 — Paysage avec figure et cascade.

>Grande composition.

>>Encre de Chine

OMMÉGANCK (BALTHASAR-PAUL)

196 — Paysage avec figures.

>>Encre de Chine.

197 — Animaux dans un pâturage.

>>Plume et encre de Chine.

198 — Différents Croquis.

>Trois dessins.

>>Plume et encre de Chine.

OSTADE (ADRIEN)

199 — Deux Croquis d'hommes debout.

>>Plume et encre de Chine.

200 — Groupe flamand avec Croquis au verso.

>>Plume et encre de Chine.

OSTADE (ISAAC)

201 — Passage d'un gué. — Croquis de bataille au verso.

>>Plume et encre de Chine.

PALAMÈDES

202 — Corps de garde.

Pierre noire.

REMBRANDT (Van Ryn)

203 — Deux Croquis.

Plume et encre de Chine.

204 — Tobie en prière.

Collection Reynolds.

Plume.

205 — Paysage. — Croquis au verso.

Plume et encre de Chine.

206 — Deux Croquis attribués à Rembrandt.

Plume et encre de Chine.

ROOS DE TIVOLI

207 — Troupeau près du temple de Vesta dans la campagne romaine.

Plume et encre de Chine.

RUBENS (École de)

208 — Salomon recevant la reine de Saba.

Crayon noir et sanguine.

RUBENS (École de)

209 — Profil de jeune femme.

Sanguine.

RUYSDAEL (J.)

210 — Paysage d'une grande perspective.

Crayon noir.

211 — Vue de la porte d'une ville.

Encre de Chine.

RUYSDAEL (S.)

212 — Hutte dans un paysage.

Crayon noir et encre de Chine.

213 — Moulins au bord de l'eau.

Peinture sur papier.

SCHOTEL

214 — Combat naval.

Mine de plomb et encre de Chine.

SPAENDONCK (Van)

215 — Différentes Études de fleurs et de fruits.
Huit dessins.

Aquarelles ou encre de Chine.

STEEN (van)

216 — Femme debout, regardant des buveurs..

Crayon noir.

STRY (Abraham van)

217 — Paysage avec Animaux.

Plume et encre de Chine.

TÉNIERS (David)

218 — Paysage. Chaumières entourées d'arbres.

Crayon noir et encre de Chine.

219 — Porc mangeant.

Crayon noir.

220 — Différents Croquis. — Paysages et Intérieurs rustiques.

Trois dessins.

Mine de plomb.

TERBURG (Gérard)

221 — Deux Paysages.

Crayon noir et sanguine.

222 — Portrait de Backem.

Aux trois crayons.

VELDE (ADRIEN van)

223 — Une Bergerie.

Signé et daté 1650.

Cabinet J. Barnard.

Au crayon noir.

VELDE (GUILLAUME van de)

224 — Marine.

Crayon noir et encre de Chine.

225 — Deux Croquis de marine.

Plume et encre de Chine.

226 — Deux Marines, par W. van de Velde aîné.

Plume et encre de Chine.

SONCHE| (Van der Mer de)

227 — Étude de moutons (Aquarelle). Signé. — Groupe de paysans (Crayon).

Deux dessins.

VERSCHURING

228 — Cavaliers faisant l'aumône.

Signé.

Encre de Chine.

WIT (Jᴀᴄǫᴜᴇs de)

229 — Étude de plafond.

Encre de Chine.

230 — Têtes d'Amours. — Dessin d'ornement.
Deux aquarelles.

WOUVERMANS

231 — Homme d'armes.

Crayon noir rehaussé de blanc.

ZAFTLEVEN (Cᴏʀɴᴇɪʟʟᴇ)

232 — L'Annonciation aux Bergers.

Encre de Chine.

ZACHT LÉVENS (Hᴇʀᴍᴀɴɴ)

233 — Paysage avec Figures.

Plume et encre de Chine.

ÉCOLE ITALIENNE

ALBANE (François dit l')

234 — Tête de femme.

Sanguine rehaussée de blanc.

ALBERTI (Cherubino)

235 — Différentes Études sur une feuille.

Collection Thomas Hudson.

Crayon noir.

ALGARDE (L')

236 — Projets de tombeaux.

Deux dessins.

Plume et encre de Chine.

ALLEGRI, dit le CORRÉGE

237 — Deux Études.

Collection N. Hone.

Plume et encre de Chine.

AMERIGHI (Michel-Ange), dit le CARAVAGE

238 — Jésus au milieu des docteurs.

Sanguine et encre de Chine.

BANDINELLI

239 — Étude académique d'homme avec monogramme.
Collections Mariette, Étienne Durand, etc.

240 — Différents Croquis à la plume.
Quatre dessins.

BARBIERI, dit le GUERCHIN

241 — Paysage avec figures.

Plume.

242 — Paysage (collection Lempereur). — Croquis au verso.

Plume.

243 — Loth et ses filles (Sanguine). — Différents Croquis (Plume et sanguine).
Deux dessins.
Collections Norblin et lord Spincer.

244 — Triomphe de Galatée.

Plume et encre de Chine.

245 — Portrait d'un guerrier.

Sanguine.

BAROCHE

246 — Naissance de l'Enfant Jésus (Plume, couleur bleue).
Croquis de moines (Plume et encre de Chine).
Deux dessins.

247 — Tête de femme et Profil de jeune homme.
Deux dessins au pastel.
Collection du comte de Fries.

248 — Tête de chérubin.
Aux trois crayons.

BARTHOLOMMEO (Fra)

249 — Études de moines.
Deux dessins
Collection Denon.
Sanguine et encre de Chine.

BERRETTINI (Pietro de Cortone)

250 — Le Massacre des Innocents.
Plume et encre de Chine.

251 — L'Adoration des bergers.
Deux dessins.
Crayon noir et sanguine.

BIBBIÉNA

252 — Architecture.
Plume et encre de Chine.

BONACCORCI, dit PERINO DEL VAGA

253 — Atalante et Méléagre chassant le sanglier de
Calydon.

Marque d'anciennes collections.

Plume et bistre.

254 — Frise.

Collection Andreossi.

Plume et aquarelle.

255 — Vase antique. — Croquis d'un plafond.

Collections T. Lawrence, R. Cosway, Norblin.

Plume rehaussée de blanc.

CALDARA (POLYDORE), dit CARAVAGE

256 — Joueurs de cartes.

Plume et encre de Chine.

257 — Guerriers combattant (Plume et encre de Chine).
— Trois Croquis sur une feuille (Plume et
sanguine).

Quatre dessins.

CAGLIARI, dit PAUL VÉRONÈSE

258 — Tarquin et Lucrèce.

Plume et encre de Chine.

259 — Dessin décoratif.

Plume et encre de Chine.

CANALETTI

260 — Vue d'une rue avec palais.

> Plume et encre de Chine.

CARRACHE (Annibal)

261 — Amours chargés de guirlandes.

> Belle aquarelle.

262 — Christ à la colonne (Mine de plomb). — Homme tenant un bâton (Sanguine).

> Plume et encre de Chine.

263 — La Mise au tombeau.
   Deux dessins.
   Copie de Fragonard.

> Sanguine.

CAVEDONE (Jacques)

264 — Nessus enlevant Déjanire.

> Sanguine.

CERQUOZZI (Michel-Ange)

265 — Une Bataille.

> Plume et encre de Chine.

COLONNA (Ange-Michel)

266 — Plafond exécuté pour un des salons du palais de
Madrid.

> Plume et encre de Chine.

DUGUET (G.), dit POUSSIN

267 — Paysages.

> Deux dessins.

> Plume, encre de Chine et bistre.

FONTANA

268 — Projet d'arc de triomphe de Clément IX.

> Plume et encre de Chine.

GRIMALDI, dit le BOLOGNESE

269 — Paysage avec figures.

> Plume.

GUARDI (Français)

270 — Une Visite.

> Plume et encre de Chine,

INCONNUS

271 — Vue de palais au bord de la mer. Attribué au
Bramante (xvıᵉ siècle).

Plume.

272 — Saint Paul.

Aux trois crayons.

273 — Sainte Famille entourée d'Anges.

Plume.

274 — Homme courant. Étude académique.
Collection Andréossi.

275 — Une Coupe et deux Croquis d'ornement.
Trois dessins.
Crayon noir, plume et encre de Chine.

I ANFRANC (JEAN)

276 — La Cène.

Crayon noir rehaussé de blanc.

MARATTE (CHARLES)

277 — Différents Sujets religieux à la sanguine.
Quatre dessins.

MASSIMO

278 — Plafond de la Chartreuse de San-Martino à Naples.

Sanguine.

MAZZOLA, dit le PARMESAN

279 — Le Mariage de sainte Catherine.

Collection Thom. Lawrence.

Plume et encre de Chine.

280 — Femme portant un plateau.

Crayon noir rehaussé de blanc.

281 — Saint Jérôme.

Des collections Richardson, John Barnard, Thom. Hudson, Peter Lely.

Sanguine.

282 — Marinier et Christ en croix.

Deux dessins des collections Richardson et Thomas Lawrence.

Plume.

MOLA

283 — Baptême du Christ. — Différents Croquis à la sanguine.

Collection Fleury Hérard.

PALME (Jacques), le jeune

284 — Joseph et la femme de Putiphar.

> Plume et encre de Chine.

PALMERIUS

285 — Le Moulin.

> Paysage à la plume dans la manière de Claude Lorrain.
> Très-grande finesse d'exécution.
>
> Plume.

PROCACCINI (Camille)

286 — Tète de femme.

> Vente Andréossi.
>
> Crayon noir.

RAIMONDI (Marc-Antoine)

287 — La Vierge et l'Enfant Jésus.

> Composition d'un grand caractère.
> Des Collections Thomas et Lawrence et Dimsdale.
>
> Plume.

RAPHAEL SANZIO

288 — Deux Femmes debout près d'un vase et rinceau d'ornement.

> Deux Croquis à la plume.

RAPHAEL SANZIO

289 — Essai de paysage pour le fond de la dispute du
Saint-Sacrement.

Sanguine.

RAPHAEL (École de)

290 — Etude de chevaux.

Vente Andréossi.

Croquis à la plume.

291 — Descente de Croix.

Sanguine.

292 — Apôtre prêchant.

Plume et bistre.

RENI, dit le GUIDE

293 — Madeleine aux pieds du Christ en croix.

Mine de plomb.

294 — Homme se reposant, Sainte Famille et saint Jean.

Trois dessins.

Crayon noir.

295 — Différents Sujets.

Sept dessins.

Plume.

RICCI (Sébastien)

296 — Jésus au milieu des docteurs.

Plume et encre de Chine.

ROBUSTI, dit le TINTORET

297 — Jésus portant sa croix.

Marque d'anciennes Collections.

Plume et bistre.

298 — Un Évêque.

Sanguine.

ROSA (Salvator)

299 — Fuite en Égypte (Plume et bistre). — Paysage (Sanguine et encre de Chine).

Deux dessins.

Sanguine et encre de Chine.

ROSSO DEL ROSSO

300 — Les Amours de Mars et de Vénus.

Plume et bistre.

301 — Un Amour (Sanguine) avec Croquis à la plume au verso.

302 — Groupe religieux.

Plume.

4

ROSSO (École du)

303 — Femme couchée dans un paysage (Plume et Bistre).
— Saint Paul (Sanguine). — Sainte Famille
(Plume). — Étude de bras et de pieds (Plume).
Quatre dessins.

Plume et bistre.

SASSO FERRATO (Attribué à)

304 — Tête de Vierge.

Pierre noire.

PELLÉGRINO, dit TIBALDI

305 — Étude de Vierge à la chaise.
Charmant croquis.

Crayon noir.

306 — La Transfiguration.
Collection Thomas Lawrence.

Crayon noir.

TIEPOLO

307 — Deux Croquis.

Plume et encre de Chine.

VANNI

308 — Saint Jérôme.

Plume et encre de Chine. — Avec la gravure.

VANNUCCHI, dit **ANDRÉA DEL SARTO**

309 — Jeune Homme marchant.

> Collection Richardson, etc.

Sanguine.

VITELLI (Van)

310 — Une Vue de Rome.

Plume et encre de Chine.

VECELLI, dit le **TITIEN**

311 — Paysage avec figures.

Plume.

312 — Homme portant un crucifix (Plume). — Le Père
Éternel (Sanguine et encre de Chine).

> Deux dessins attribués au Titien.

ZUCCHERO

313 — Différents Sujets religieux.

> Quatre dessins.

Plume, encre de Chine et bistre.

PREMIER SUPPLÉMENT

DESSINS

Des Écoles italienne, hollandaise, flamande, allemande et française

---

ALBANE (L')

314 — Renaud et Armide dans les jardins enchantés.

Pinceau et bistre.

ALGARDE (L')

315 — Décoration de plafond.

Plume, lavé d'encre et d'aquarelle.

BAGLIONE (J.)

316 — Trois Dessins, compositions diverses, sur la même monture.

Plume, lavé de bistre.

BARTOLOMMEO (FRA)

317 — Groupe de femmes et d'enfants. — Au verso, très-belles têtes de vieilles.

Plume.

BERGHEM (NICOLAS)

318 — Diane et ses nymphes dans un paysage.

Pierre noire.

BOL (FERDINAND)

319 — Saint Philippe baptisant l'eunuque.

Plume et bistre.

BOURGUIGNON (JACQUES-COURTOIS, le)

320 — Combats de cavaliers.

Quatre dessins.

Plume et lavé.

CAMPAGNOLA

321 — Adam et Ève chassés du Paradis terrestre.

Plume.

CANGIAGE

322 — La Sainte Famille.

Plume et lavé.

CANTARINI PESARESE

323 — Jeux d'enfants.

Sanguine.

CIGOLI (L.)

324 — La Vierge et l'Enfant Jésus adorés par trois saintes et quatre saints.

Dessin très-important.

Plume, lavé de bistre.

CLAUDE LORRAIN

325 — Étude du Colysée.

Plume et bistre.

CLOVIO (Don Giulio)

326 — Combat de cavaliers.

Signé et daté 1540.

Dessin très-rare.

Plume et lavé.

DANLOUX

327 — Le Peintre à son chevalet.

Crayons noir et blanc.

DIAMANTINI

328 — Hercule et Omphale.

Collection Châtelain. Rare.

Plume et sanguine.

DOLCI (Carlo)

329 — Mars et deux femmes armant un jeune guerrier.

Sanguine.

DROST

330 — Le Porte-Drapeau.

Mine de plomb et lavé.

FAIDHERBE (Lucas)

331 — Projet de tombeau.

Plume et sanguine.

FRANCIA (École de)

332 — Triomphe d'un roi.

Plume.

GAEL (Bernaert)

333 — Chariots dans une cour d'auberge.

Crayon lavé d'encre.

GAROFOLO

334 — Adoration des bergers.

Plume.

GENNARI

335 — Deux Génies retirant un voile.

Collection Rutchiel.

Plume et bistre.

GHEZZI (P.-L.)

336 — Deux Portraits sur la même monture : Fr. Rota,
poëte romain ; Jos. Solvini, célèbre impres-
sario.

Plume.

337 — Deux Dessins sur la même monture : l'Ermite de
Sainte-Rosalie et un groupe de trois moines.

Plume.

HOGARTH (Attribué à)

338 — Jeune femme assise près d'une table.

Crayons noir et blanc.

HOLBEIN

339 — Allégorie politique où figurent le pape Jules II,
le roi Louis XII, l'empereur et le doge de
Venise.

Dessin très-important et très-curieux.
Pierre noire et plume avec quelques rehauts de couleur.

HOUBRAKEN

340 — Portrait d'homme.

Pierre noire et plume.

HUYSMANS et BREUGHEL

341 — Deux Paysages sur la même monture.

Mine de plomb et lavé.

JULES ROMAIN

342 — La Force tenant le faisceau des licteurs, précédée
et suivie des génies de l'Abondance.

Plume lavé de bistre.

JULES ROMAIN

343 — Femme drapée à l'antique, tenant un vase et une
coupe. — Tête de lion.

Deux dessins sur la même monture.

Plume.

KAUFFMANN (Angelica)

344 — Cavalier rencontrant une jeune fille avec sa sui-
vante.

Crayon noir.

KNELLER (G.), École anglaise

345 — Portrait d'un jeune homme.

Pinceau et bistre rehaussés de blanc.

LIANO (Philippe-Napolitain)

346 — Cardinaux sortant d'une église.

Plume et lavé.

MAAS (G.)

347 — Deux Portraits de femme sur la même monture.

Plume et encre de Chine.

348 — Deux autres Portraits de femme sur la même
monture.

Plume et encre de Chine.

MARATTI (Carli)

349 — L'Adoration des bergers.

Collection Vallardi.

Sanguine et lavé.

MARATTI (Carli)

350 — Adoration des Mages.

Sanguine.

MENGS (Raphael)

351 — Deux Dessins sur la même monture : 1°. la Vierge adorée par des saints ; 2° Saint Jean-Baptiste (donné par l'auteur à Casenova).

Plume.

MICHEL-ANGE BUONARROTI

352 — Étude de draperie sur les jambes d'un personnage assis.

Plume, sur papier de batteur d'or.

MOLA (F.)

353 — Projet de plafond.

Sanguine, plume et lavis.

MOORE (Samuel), École anglaise

354 — Cour intérieure d'un palais.

Signé et daté 1682.

Plume et aquarelle.

MOORE (Samuel), École anglaise

355 — Façade d'un monument.

Signé et daté 1682.

Plume, lavé d'encre de Chine.

ONOFRIO (Élève de Claude)

356 — Paysage.

Collection du comte de Fries.

Plume.

PARMESAN

357 — Quatre Femmes debout.

Collections Richardson et J. Barnard.

Plume et lavis.

358 — La mort de Didon.

Collections sir Thomas Lawrence et Coningham.

Plume et lavis.

359 — David vainqueur de Goliath.

Collections sir Josuah Reynolds, Th. Lawrence et Thibeaudeau.

Plume et lavis.

360 — Étude de femme drapée. — Au verso, croquis divers.

Pierre noire.

PARMESAN

361 — Sainte Cécile.

Collection de Th. Lawrence.

Pierre noire.

362 — Femme assise sur des nuages.

Sanguine.

PIOLA (Domenico)

363 — Le Repos de la sainte Famille.

Collection E.-H. Langlois.

Plume et lavis.

PONTORMO

364 — Femme debout, tenant une tablette.

Pierre noire.

POUSSIN (Nicolas)

365 — Etudes d'après l'antique.

Plume et bistre.

REMBRANDT

366 — Mercure et Argus.

Plume et bistre.

RIBERA

367 — Saint Jérôme.

Plume et lavé.

ROSA (Salvator)

368 — Le Martyre d'un saint.

Composition très-nombreuse.

Plume.

369 — Deux Hermites dans un paysage.

Plume et lavis.

RUBENS

370 — Deux orientaux ; étude pour une Adoration des Mages.

Collections Fleury-Hérard et Villenave.

Plume.

371 — La Chaste Suzanne.

Plume et bistre.

SABBATTINI

372 — Vue de Florence. — Au verso, Vierge avec l'Enfant Jésus et saint Jean.

Plume.

SAN GIMINIANO

373 — Présentation de la Vierge au Temple.

Plume et lavis.

SÉBASTIEN DEL PIOMBO (D'après MICHEL-ANGE)

374 — Saint André, martyre.

Pierre noire.

SIGNORELLI (xve siècle)

375 — Personnage assis derrière une balustrade.

Pierre noire.

STROZZI (École génoise)

376 — Les quatre Saisons.

Pierre noire et bistre.

TINTORET

377 — Le Massacre des Innocents.

Plume et lavé.

TITIEN

378 — Étude d'homme assis.

Sanguine.

VANNI (Fr.)

379 — La Vierge et l'Enfant Jésus adorés par deux saints.

Pierre noire.

VÉLASQUEZ

380 — Portrait d'homme.

Collection Desperet.

Pierre noire.

VOSTERMAN (Lucas)

381 — Portrait d'homme dans un cartouche.

Mine de plomb.

WITDOECK (Hans)

382 — Importante composition de vitrail où figurent la Vierge, les Vertus, saint Georges et saint Martin.

Avec le monogramme et daté 1612.

Plume et lavis.

DEUXIÈME SUPPLÉMENT

ALBERT DURER

383 — Des Hommes prenant de l'eau dans une citerne.

Signé du monogramme et daté 1514.

Fait par l'artiste pour son Traité de perspective. — Très-curieux dessin, provenant de plusieurs collections célèbres dont il porte les marques.

Plume et aquarelle.

ALBERT DURER (Attribué à)

384 — La Vierge assise dans un paysage, tenant dans ses bras l'Enfant-Jésus.

Très-beau dessin.

Plume.

BREENBERCH (Barthélemy)

385 — Paysage avec rivière, personnages et voiture sur la droite.

Signé en toutes lettres.

Plume et sépia.

CHARLET (Nicolas-Toussaint)

386 — Le Joueur d'orgue.

Daté 1837.

Sépia.

GRAAT (Bernard)

387 — Sujet mythologique.

Sanguine.

INGRES

388 — Étude académique.

Sanguine.

LAVULPE (Naples, 1839)

389 — Faune et Faunesses.

Mine de plomb.

NICOLLE (V.-J.)

390 — Vue du pont Saint-Barthélemy, à Rome.

Signé.

Jolie aquarelle.

NICOLLE (V.-J.)

391 — Vue de la place et Basilique de Saint-Pierre, au Vatican. — Entrevue de Rome lui faisant pendant.

Signé.

Deux très-jolies aquarelles.

392 — Vue du Panthéon d'Agrippa.

Signé.

Belle aquarelle.

393 — Vue du Colisée.

Signé.

Belle aquarelle.

394 — Vue des Temples de la Fortune virile et de Vesta, situés près le Tibre, à Rome.

Aquarelle de forme ronde.

395 — Vue de Saint-Pierre Montorio, et de la fontaine Pauline, sur le mont Janicule, à Rome.

Aquarelle de forme ronde.

396 — Vue du Tibre, et du côté dit la Férada Guiglia vers Saint-Jean des Florentins, à Rome.

Aquarelle de forme ronde.

397 — Vue du côté du Tibre nommé le Longara et de la coupole de Saint-Pierre, à Rome.

Aquarelle de forme ronde.

NICOLLE (V.-J.)

398 — Vue d'une partie intérieure de l'Église de la Selle en Gâtinais.
Signé.

Aquarelle.

399 — Sous ce numéro, qui sera divisé, seront vendues onze aquarelles, vues de Rome, de Naples, et .autres vues, par Nicolle.

400 — Sous ce numéro, qui sera divisé, seront vendues dix aquarelles, par de Montferand, Leblanc et autres.

PASSIGNANI

401 — Saint personnage implorant la protection de Dieu.

Plume et sépia.

RADEMAKER

402 — Vue des bords du Rhin.

Plume et encre de Chine.

SNEYDERS

403 — Chasse au cerf.

Plume et encre de Chine.

SPRANGER (Barthélemy)

404 — La Sainte Famille.

Plume et encre de Chine rehaussées de blanc.

VELDE (W. Van de)

405 — Bateau avec armes et riches ornements.

Encre de Chine.

VERRYX

406 — Canal et maisons hollandaises.

Plume et encre de Chine.

VERVEER (S.)

407 — Pêcheurs dans leurs canots. — Villa italienne, par (Giganti).

Deux aquarelles sur la même monture.

WALLERAM VAILLANT

408 — Portrait d'homme en buste.
Signé en toutes lettres et daté 1650.

Très-beau dessin.

Estompe et crayon noir rehaussés de blanc.

409 — Sous ce numéro, qui sera divisé, seront vendus dix dessins ou aquarelles, par Wannewelsch, Parrocel, Van Loo, Dura, Pigal, Kollmann, Gué, etc.

Ves Renou, Maulde et Cock, imprs de la Compagnie des Commissaires-Priseurs, rue de Rivoli, 147.　　33068